In honor of my abuelas
Angela Macias V. de Laínez and Amelia de Jesús Chávez V. de Colato.
To Toni Gutiérrez and San Luis de la Paz.
—R.C.L.

*En honor a mis abuelas Angela Macias V. de Laínez y Amelia de Jesús Chávez
V. de Colato. Para Toni Gutiérrez y San Luis de la Paz.*
—R.C.L.

For the people who are my sunshine: Joey, Jenny, John, and Mom.
—J.A.

Para las personas que son mi rayito de sol: Joey, Jenny, John y Mamá.
—J.A.

Playing · El juego de la
LOTERÍA

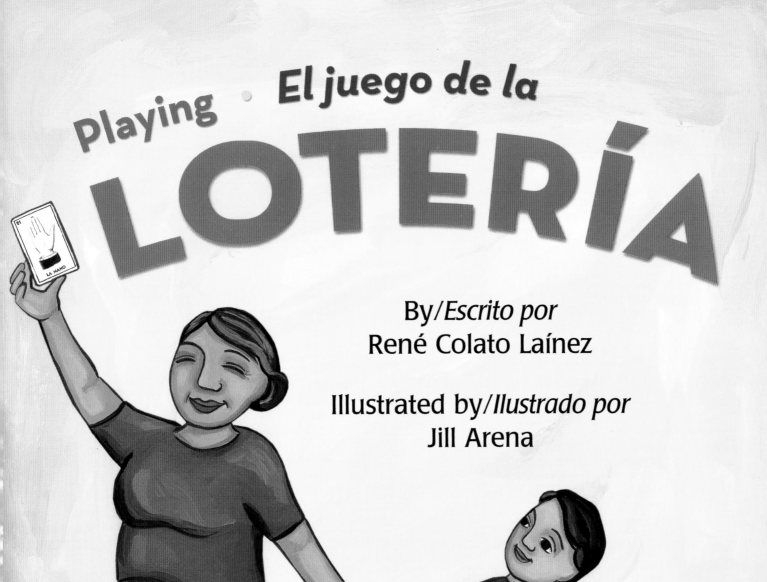

By/*Escrito por*
René Colato Laínez

Illustrated by/*Ilustrado por*
Jill Arena

Luna Rising
*A Bilingual Imprint
of Rising Moon*

www.lunarisingbooks.com

Composed in the United States of America
Printed in Yuanzhou, China April 2017

Edited by Theresa Howell
Designed by Katie Jennings
Production supervised by Donna Boyd
Translated by Straight Line Editorial Development
All trademarked Lotería images used by permission from Don Clemente, Inc.™

FIRST HARDCOVER IMPRESSION 2005
FIRST SOFTCOVER IMPRESSION 2006
ISBN 13: 978-0-87358-919-2
ISBN 10: 0-87358-919-X

Library of Congress Cataloging-in-Publication Data

Colato Laínez, René.
Playing lotería = El juego de la lotería / by René Colato Laínez ; illustrated by Jill Arena.
p. cm.
Summary: A boy has a good time attending a fair with his grandmother in San Luis de La Paz, Mexico,
as she teaches him Spanish words and phrases and he teaches her English.
[1. Bilingualism—Fiction. 2. Grandmothers—Fiction. 3. Fairs—Fiction. 4. Spanish language materials—Bilingual.
5. Mexico—Fiction.] I. Title. II. Title: Juego de la lotería mexicana. II. Arena, Jill, ill.
2004020231

"I don't want to stay with Grandma! I'm not used to speaking Spanish," I told my mom.

"You know more than you think," she said. "That's why you are here in San Luis de la Paz. With your *abuela*, you will practice your Spanish."

"But how will we understand each other if she doesn't speak English and my Spanish is not very good?" I asked.

"Loved ones have special ways of understanding each other. You'll see," she said.

—¡No quiero quedarme con Grandma! No hablo bien el español —le dije a mi mamá.

—Sabes más de lo que crees —dijo—. Por eso estás aquí en San Luis de la Paz. Con tu abuela practicarás tu español.

—¿Pero cómo vamos a entendernos si ella no habla inglés y mi español no es muy bueno? —pregunté.

—La gente que se quiere tiene maneras especiales de entenderse. Ya lo verás —dijo.

From the bus station, Grandma and I walked to the plaza together. When we turned a corner, I heard music and saw a mariachi band playing and singing.

"Today is the first day of *la feria*," Grandma said.

"Grandma, I love the fair!"

The streets smelled of *carne asada*, *churros*, and *tamales*, and a Ferris wheel went around and around as it followed the rhythm of the music.

Desde la terminal de autobuses, abuela y yo caminamos hasta la plaza. Cuando doblamos en una esquina, escuché música y vi a un grupo de mariachis tocando y cantando.

—Hoy es el primer día de la feria —dijo abuela.

—Grandma, ¡me encanta la feria!

Las calles olían a carne asada, churros y tamales, y la rueda de la fortuna daba vueltas y vueltas mientras seguía el ritmo de la música.

"This is my *lotería* stand," Grandma said proudly.

"Cool pictures!" I said as I pointed to the big, colorful cards on the table.

"These are the game boards of *la lotería*. Each board has sixteen pictures. When we play, you can use these *frijoles* to cover the pictures," Grandma explained.

"Beans?" I asked.

"*Frijoles*," Grandma said.

"F…r…r…r…, Grandma, the r is hard!"

—*Éste es mi puesto de lotería* —dijo abuela con orgullo.

—*¡Qué bonitos dibujos!* —dije mientras señalaba las grandes y coloridas tablas sobre la mesa.

—*Éstas son las tablas de la lotería. Cada una tiene dieciséis figuras. Cuando juguemos, podemos poner estos frijoles para cubrir las figuras* —me explicó abuela.

—*¿Beans?* —pregunté.

—*Frijoles* —dijo abuela.

—*F…r…r…r…,* Grandma, *la ere es difícil.*

Grandma went to the microphone and asked, "Who is ready to play *lotería*?"

In a few minutes the *lotería* stand was full of people.

"F…r…r…r…" I repeated in my head many times.

Then, Grandma drew small cards from a metal wire barrel. Every time she called a picture, she said a phrase.

Abuela fue hasta el micrófono y preguntó:
—¿Quién está listo para jugar a la lotería?

En pocos minutos, el puesto de la lotería se llenó de gente.

"F…r…r…r…" repetí mentalmente muchas veces.

Luego, abuela sacó pequeñas cartas de una tómbola. Cada vez que tomaba una carta, cantaba una frase.

"*Rosa, Rosita, Rosaura,*" Grandma called as she pretended to pull petals from a rose and blow them with kisses.

"Grandma is funny!" I giggled.

"*¿Verde, blanco y colorado? ¡La bandera del soldado!*" she called waving a Mexican flag.

People put beans on their game board to match the cards that Grandma called.

"*El gallo, el rey del gallinero,*" she called.

Finally, a lady put a bean on the last picture of her game board, the rooster, and hollered, "*LOTERÍA!*"

Then she took a prize—five tickets for the circus.

—*Rosa, Rosita, Rosaura,* —*dijo abuela mientras hacía como si le fuera quitando pétalos a una rosa y los hiciera volar con besos.*

—*¡Grandma es chistosa! —dije con una risita.*

—*¿Verde, blanco y colorado? ¡La bandera del soldado! —dijo, mientras ondeaba una bandera mexicana.*

La gente colocaba frijoles en las tablas, sobre las figuras que correspondían a lo que abuela decía.

—*El gallo, el rey del gallinero —dijo.*

Al final, una señora colocó un frijol sobre la última figura de su tabla, el gallo, y gritó: "¡LOTERÍA!"

Entonces se llevó el premio: cinco entradas para el circo.

Later, at Grandma's house, I took some beans and said,
"Fri...joles! Frijoles!"

"*Muy bien*, you are speaking Spanish!" *abuela* said.

"I would like to learn all the phrases of *la lotería*," I said. "But they are too hard."

"Let's make a deal. I teach you all fifty-four phrases and you teach me some English," she said.

"*Sí*, Grandma!"

"But don't call me Grandma, please! Call me *abuela*."

"A-bu-e-la, abuela, abuelita," I said.

Más tarde, en casa de abuela, tomé algunos frijoles y dije:
—¡Fri...joles! ¡Frijoles!

—Muy bien, ¡estás hablando español! —dijo abuela.

—Me gustaría aprender todas las frases de la lotería —dije—. Pero son muy difíciles.

—Hagamos un trato. Yo te enseño todas las cincuenta y cuatro frases y tú me enseñas algo de inglés —dijo.

—¡Sí, Grandma!

—Pero no me digas Grandma, ¡por favor! Dime abuela.

—A-bu-e-la, abuela, abuelita —dije.

The next day, *abuela* and I walked around the fair. We ate cotton candy and caramel apples. We rode the carousel and the roller coaster. We milked a cow and pet some calves in the farm animal exposition. We saw clowns on stilts and the circus animal parade.

Before we returned home, I won a big piggy bank playing pin-the-tail-on-the-donkey. I carried it home proudly.

Al día siguiente, abuela y yo fuimos a caminar por la feria. Comimos algodón de azúcar y manzanas con caramelo. Subimos al carrusel y a la montaña rusa. En la exposición de animales de granja, ordeñamos una vaca y acariciamos algunos terneros. Vimos payasos en zancos y un desfile de animales del circo.

Antes de regresar a casa, gané una enorme alcancía en el juego de ponerle la cola al burro. Orgulloso, me la llevé a casa.

At home, *abuela* showed me a picture of *el gallo*.

"What is the phrase?" she asked me.

"*El ga…llo, el r…ey del…gallinero*. Oh! I said it! The rooster, king of the henhouse," I laughed. "What a funny phrase!"

Abuela and I stood up and walked like roosters. We flapped our arms like wings.

"Cock-a-doodle-doo," I said.

"*Quiquiriquí*," she said.

"Let's put the rooster's card inside my piggy bank," I said.

"R…r…roos…ter. Rooster," she laughed.

En casa, abuela me mostró la carta del gallo.

—¿Cuál es la frase? —me preguntó.

—El ga…llo, el r…ey del…gallinero. ¡Lo dije! The rooster, king of the henhouse *—dije riéndome—. ¡Qué frase tan chistosa!*

Abuela y yo nos paramos y caminamos como gallos. Sacudimos nuestros brazos como si fueran alas.

—Cock-a-doodle-doo —dije yo.

—Quiquiriquí —dijo ella.

—Pongamos la carta del gallo en mi alcancía —dije.

—R…r…roos…ter. Rooster —dijo riéndose.

Every day at the fair, *abuela* and I practiced our phrases together.

   "El gorrito…el barril…la rana."

   "The bonnet…the barrel…the frog."

   Every night at home we practiced even more.

   "El soldado…la corona…el venado."

   "The soldier…the crown…the deer."

   First there were a lot of cards in the box.

   "El cotorro…el melón…el pino."

   "The parrot…the cantaloupe…the pine tree."

   But every night the box was getting less full and my piggy bank was getting heavier.

47 TM

LA COR

PASATIEMPOS GALLO S.A

45 TM

EL VENADO

24

EL COTORRO

11

EL MELON

49

Todos los días en la feria, abuela y yo
practicábamos juntos nuestras frases.
  "El gorrito…el barril…la rana."
  "The bonnet…the barrel…the frog."
  Todas las noches, en casa,
seguíamos practicando.
  "El soldado…la corona…el venado."
  "The soldier…the crown…the deer."
  Al principio había muchas cartas en la caja.
  "El cotorro…el melón…el pino."
  "The parrot…the cantaloupe…the pine tree."
  Pero cada noche la caja se iba vaciando y mi
alcancía pesaba más.

One afternoon, we went to the open market. There were many people selling fruit, meat, and candy.

"Let's buy *un mango*," abuela said.

"*Mango* is the same in English," I told her.

"Let's buy *una banana*," abuela said.

"*Banana* is the same in English, too."

"Let's buy *pollo*," abuela said.

"*Pollo* in English is chicken," I told her.

Then *abuela* held a cabbage in her hand and said, "I know! Let's buy *un* rechicken."

"No *abuela*," I laughed. "*Repollo* is cabbage, not rechicken."

"*El inglés* is so hard," abuela said. "*Bien complicado.*"

Una tarde fuimos al mercado al aire libre. Había mucha gente vendiendo frutas, carne y dulces.

—Compremos un mango —dijo abuela.

—Mango es igual en inglés —le dije.

—Compremos una banana —dijo abuela.

—También banana es igual en inglés.

—Compremos pollo —dijo abuela.

—En inglés, pollo se dice chicken —le dije.

Luego abuela agarró un repollo y dijo,

—¡Ya lo sé! Compremos un rechicken.

—No, abuela —dije riéndome—. Repollo se dice cabbage, no rechicken.

—Hablar inglés es bien complicado —dijo abuela—. So hard.

One day, *abuela* took the last card from the box.

   She showed me the card and asked, *"¿Cuál es ésta?* What is it?"

   I stood up and said, *"La mano! Dame una, dame dos. Bailemos los dos."*
Abuela held my hand and started dancing with me.

   "Felicidades, con…grat…u…la…tions, you know all the cards from
la lotería!" she said. "Let's put it in your piggy bank."

   "Lotería! Hablo español! I speak Spanish!" I hollered.

Un día abuela tomó la última carta de la caja.

   Me mostró la carta y me preguntó: —¿Cuál es ésta? What is it?

   Me paré y dije: —¡La mano! Dame una, dame dos. Bailemos los dos.
Abuela me tomó de la mano y comenzó a bailar conmigo.

   —Felicidades, con…grat…u…la…tions, *¡conoces todas las cartas de la
lotería! —dijo—. Pongámosla en tu alcancía.*

   —¡Lotería! I speak Spanish! *¡Hablo español! —grité.*

The next afternoon in the lotería stand abuela said, "Now you are in charge of calling the cards."

"Yes!" I said. "I will do it in English and Spanish."

"*La estrella, la guía de los marineros.* The star, guide for the sailors."

"*El sol, el abrigo de los pobres.* The sun, coat for the poor."

Soon, a *señora* stood up and hollered, "*LOTERÍA!*"

"You are the best caller in San Luis," everyone clapped.

Al otro día en el puesto de la lotería, abuela me dijo: —Ahora tú estás encargado de cantar las cartas.

—Sí —dije—. Hablaré en inglés y en español.

—La estrella, la guía de los marineros. *The star, guide for the sailors.*

—El sol, el abrigo de los pobres. *The sun, coat for the poor.*

Al poco rato una señora se paró y gritó: "¡LOTERÍA!"

"Eres quien mejor canta la lotería en San Luis", *decían todos mientras aplaudían.*

The last night of *la feria*, there was a big dance.

"Come here, dance," said *abuela* in English.

"Let's dance, *abuela. Bailemos*," I said.

Suddenly I felt two lovely hands covering my eyes.

"*Mamá, ¡estás aquí!* You are here!" I exclaimed.

"*Hijo*, you are speaking Spanish!" she said as she hugged me.

La última noche de la feria hubo un gran baile.
—Come here, dance —dijo abuela en inglés.
—Let's dance, *abuela*. Bailemos —dije.
De repente sentí que dos suaves manos cubrían mis ojos.
—Mamá, ¡estás aquí! You are here! —exclamé.
—Hijo, ¡estás hablando español! —dijo al abrazarme.

The next day, *abuela* took *mamá* and me to the bus terminal.

"Can I stay a little longer with *abuela*?" I asked.

"You have to start school soon. Next year, we can come back together," she said.

After a big hug, *abuela* gave me my piggy bank and a present. Inside I found the game boards for *lotería*.

"I love you," she said.

"*Te amo*," I said.

Al día siguiente abuela nos llevó a mamá y a mí a la terminal de autobuses.

—¿Puedo quedarme un poco más con abuela? —pregunté.

—Tienes que comenzar la escuela pronto. El año que viene podemos volver juntos —dijo.

Después de darme un gran abrazo, abuela me dio mi alcancía y un regalo. Dentro vi las tablas de la lotería.

—I love you —dijo ella.

—Te amo —dije yo.

La lotería, also called Mexican bingo, is a very popular game played at fairs, carnivals, homes, and playgrounds in Mexico and Latin America.

RULES OF THE GAME:

- You need two or more players and a caller.
- Each player is given a game board.
- The caller draws a card and describes the picture using phrases.
- The players use beans, coins, or kernels of corn to cover the pictures on their game board that have been called.
- The first player to cover all the pictures on their game board and holler, *"Lotería"* wins.

La lotería es un juego muy popular que se juega en ferias, carnavales, hogares y patios de recreo en México y Latinoamérica.

REGLAS DEL JUEGO:

- *Se necesitan dos o más jugadores y una persona para que cante las cartas.*
- *A cada jugador se le da una tabla de juego.*
- *La persona que canta las cartas describe cada figura con una frase.*
- *Con frijoles, monedas o granos de maíz, los jugadores cubren en la tabla las figuras que se han sacado.*
- *El primer jugador que cubre todas las figuras de su tabla y grita "Lotería", gana.*

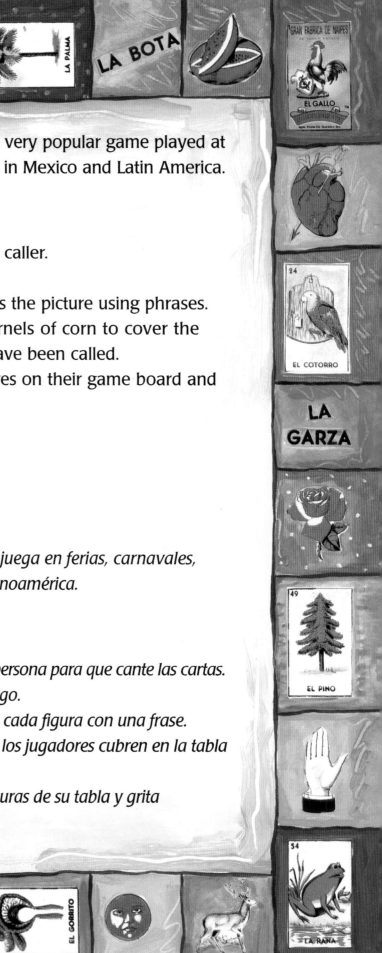